随心所欲 系列
选弟弟妹妹

[韩]崔银玉 著 [韩]金鹅妍 绘 王瑜世 译

中信出版集团 | 北京

图书在版编目（CIP）数据

随心所欲选弟弟妹妹 /（韩）崔银玉著；（韩）金鹉妍绘；王瑜世译 . -- 北京：中信出版社，2022.7
（"谁最珍贵"系列）
ISBN 978-7-5217-4195-7

Ⅰ.①随… Ⅱ.①崔…②金…③王… Ⅲ.①童话—韩国—现代 Ⅳ.① I312.688

中国版本图书馆 CIP 数据核字（2022）第 055723 号

〈내 멋대로 동생 뽑기〉
Text © 2019 Choi Eun-ok
Illustration © 2019 Kim Mu-yeon
All rights reserved.
The simplified Chinese translation is published by CITIC PRESS CORPORATION in 2022,
by arrangement with GIMM-YOUNG PUBLISHERS, INC. through Rightol Media in Chengdu.
本书中文简体版权经由锐拓传媒旗下小锐取得(copyright@rightol.com)。
Simplified Chinese translation copyright © 2022 by CITIC Press Corporation
ALL RIGHTS RESERVED
本书仅限中国大陆地区发行销售

随心所欲选弟弟妹妹
（"谁最珍贵"系列）

著　　者：［韩］崔银玉
绘　　者：［韩］金鹉妍
译　　者：王瑜世
出版发行：中信出版集团股份有限公司
　　　　　（北京市朝阳区惠新东街甲4号富盛大厦2座　邮编　100029）
承　印　者：北京中科印刷有限公司

开　　本：720mm×970mm　1/16　　印　张：5.5　　字　数：78千字
版　　次：2022年7月第1版　　　　 印　次：2022年7月第1次印刷
京权图字：01-2022-2887
书　　号：ISBN 978-7-5217-4195-7
定　　价：20.00元

版权所有·侵权必究
如有印刷、装订问题，本公司负责调换。
服务热线：400-600-8099
投稿邮箱：author@citicpub.com

目录

全宇宙最糟糕的弟弟……1

天啊!他真的是我弟弟吗……14

像小鸡一样可爱的妹妹……27

独立的妹妹……37

啊,这是怎么回事……46

从没有过这样的感觉……57

全宇宙最强的捣蛋鬼……69

作家的话……82

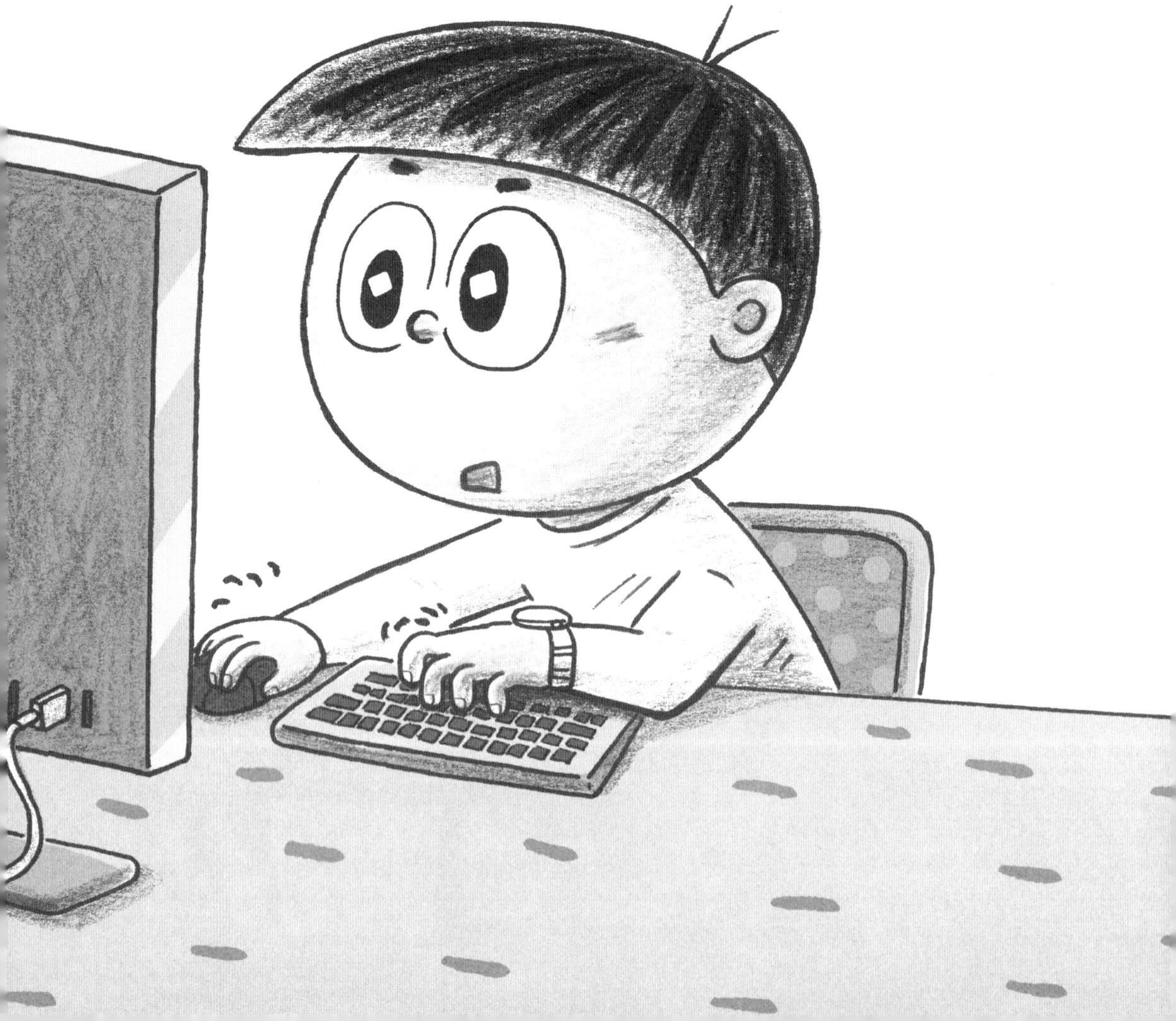

全宇宙最糟糕的弟弟

房门猛地被撞开了,弟弟英宇冲了进来。

"嗖嗖!我是超级英雄!"

英宇披着红色的毛巾,把自己想象成了超级英雄,在房间里横冲直撞。他踮起脚尖,双手伸向前方,似乎马上就要飞起来了。在电脑前忙碌的哥哥灿宇虽然没有回头,眉头却立马皱了起来。

"赶快出去!我不是告诉过你,在我玩游戏的时候不许进来!"

英宇却对此充耳不闻,此刻他已化身为超级英雄,正在拼尽全力击退想象中的反派。

"砰！砰！来尝尝我超级铁拳的滋味！"

英宇对屋子里每个能够得着的东西都打了一拳。枕头被扔到了床尾，衣架上的夹克飞到了屋子的另一边，摆好的玩偶滚作一团，书包也掉了下来，里面的东西哗啦哗啦地散落一地。

"喂！马上滚出去！我说了现在是关键时刻！"

灿宇的声音像是要把房顶掀开一样。可就在下一秒，意外发生了。原本让人眼花缭乱的电脑屏幕瞬间黑了。

"呃，怎么回事！"

灿宇猛地站起身来，心情比电

脑的屏幕还要"黑暗"。只见英宇手里拿着被拔下来的电脑插头大喊道：

"反派们……受死吧！"

灿宇气得脸通红，表情都扭曲了。一发觉苗头不对，披着红色斗篷，不，应该是红色毛巾的英宇赶紧蹑手蹑脚地退向房门外，猛一转身就"嗒嗒嗒"地逃跑了，边跑边大声喊道：

"妈妈！怪物来了！"

"你今天死定了！我绝对不会放过你的！"

灿宇咬牙切齿地追了出去。

站在人行横道前气喘吁吁的灿宇瞪着英宇。英宇正委屈地站在一旁，他头上刚刚挨了哥哥

一记重重的脑崩儿。

"哎呀,烦死人了!我快被你气疯了!"

英宇揉着头上的包,泪眼汪汪地抬起头来。

"你为什么总打我?我还不是因为怕你才逃跑的!"

"我不是说过让你去房间外面玩儿吗?为什么总是不听话!"

"谁让哥哥每次都不肯陪我玩儿!"

看到弟弟一直在和自己顶嘴,灿宇更加火冒三丈。英宇头上虽然贴着小小的创可贴,但看上去并不算严重,于是灿宇用尽全力又弹了

他第二个脑崩儿。

　　就在刚才，从家里逃出来的英宇还摔了一跤，把灿宇也绊倒了。英宇的头上被撞出一个豆粒儿大的伤口。也不知道是这两兄弟中的谁，还打碎了一个栽种着小仙人掌的花盆，这让妈妈非常恼火。作为一名从事翻译工作的自由职

业者，今天正好是妈妈交稿的日子，她紧张的神经就像这仙人掌刺一样。因为弟弟的受伤和打碎的花盆，灿宇被妈妈狠狠地训斥了一顿。她总是说"因为你是哥哥所以要忍着，因为你是哥哥所以要让着"。真是太不公平了。灿宇憋屈得快要爆炸了。

　　妈妈让灿宇在她完成工作前，带着弟弟去家门口的大型超市逛逛。因为正好赶上万圣节和店庆，超市举办了很多促销活动。妈妈还特意叮嘱，让他买一个小花盆回来。因为平时经常来，两兄弟就算闭着眼睛也不会迷路。哥哥虽然心里很想玩游戏，但最终还是忍住了，因为他知道像今天这种日子，还是乖乖听妈妈的话为妙。尽管如此，他还是难忍心中的怒气，在穿过人行横道时，把地踩得咚咚响。

　　灿宇和英宇在超市门口停下了脚步。增添了万圣节装饰的超市和平时看起来大不一样。看到举着"万圣节欢乐大庆典"横幅，发出瘆人笑声的巫婆，灿宇有了一丝怯意。

万圣节欢乐大庆典

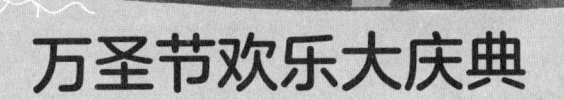

英宇却和哥哥正好相反,他兴奋得小脸通红,开心地叫喊着像箭一样冲进了超市。

"喂!你怎么能自己往前跑!快站住!"

灿宇嚷嚷着在后面追赶,他想起妈妈说过在人多的地方,不能让弟弟离开自己的视线。可是弟弟就像设定好了导航目标的火箭一样一路向前冲去,他似乎早就知道卖万圣节玩具的地方在哪里。

"呀,就是那个!"

灿宇叹了一口气,更快地追了上去。因为捣蛋鬼弟弟的缘故,他现在又累又烦,感觉自己的坏情绪已经到了爆发的边缘。

"喂!刘英宇!"

当灿宇气喘吁吁地停下来时，英宇正痴痴地看着什么，他被玩具卖场旁边的展品迷住了。那是一个和成年人一样高，眼睛凹陷的万圣节骷髅。

"哥，你快看这个，像不像真的骷髅？"

"喂！你不许摸那个，快点儿过来！"

还没等灿宇把话说完，弟弟就已经握住了骷髅的手，像是在和它握手一样使劲摇晃着。灿宇见状大惊失色，赶忙冲上前去打算扶住骷髅的躯干，可就在此时，骷髅哗啦啦地散架了。兄弟俩目瞪口呆、手足无措地站在了那里。

超市的员工见状匆忙跑了过来，教育了兄弟俩好长一段时间，直到他俩保证今后一定小心注意不乱碰后，才让他俩离开了。

"哼！都怪你……"

灿宇咬紧了牙关，把后面的话咽了回去，换成用拳头用力地在英宇头上敲了一下。

英宇用手摸着被敲疼的地方，一副要哭的样子。他自己也觉得很委屈，嘴巴噘了起来，

正要哭时却突然嘻嘻地笑了起来。

"咦？哥哥你快看那个！"

英宇用手指着露着尖牙的吸血鬼德古拉，双脚已经不由自主地移动起来，整个人像猎豹一样飞奔过去。但灿宇这次没有再跟上去，只是用鼻子哼了一句："哼，你爱去不去。"

哎呀，真烦人。偏偏宇宙最强的捣蛋鬼是我弟弟！世界上没有比我更不幸的哥哥了。

灿宇正在生闷气时，不知从哪里传来了奇怪的声音，乍一听好像是"免费"什么的，但是听得不是很清楚。灿宇觉得没有理由拒绝任何免费的东西。他环顾四周，发现那个声音是从一排不同类型的扭蛋机中发出的。灿宇歪着脑袋走近了扭蛋机，仔细地检查了一遍。这些比篮球大一些的透明桶里装满了五颜六色的扭蛋，下面连接着一个长长的螺旋形管道，方便从机器的最底部取出扭蛋。

灿宇看着齐胸高的扭蛋机，喃喃自语：

"究竟说的是什么呢？"

就在那一瞬间，似乎在等待灿宇的问话一样，一个放大了音量的机器人声音传出：

"你好，请问你想选一个弟弟或妹妹吗？"

灿宇吓了一跳，瞪大眼睛后退了一步。那个声音又继续说道：

"今天是免费的。你只要轻轻抚摸机器的顶部，然后说出想要选择的弟弟或妹妹就可以了。"

灿宇一脸无语的表情，脱口而出道：

"哼！你骗人。扭蛋里面怎么可能有弟弟或

妹妹？"

但灿宇转念一想，既然不用花钱，而且按照指示就能把扭蛋取出来，貌似自己也不会有什么损失。

"不管里面是什么，反正它说过都可以免费给我。"

灿宇扑哧一声笑了。今天一直都不太顺心，希望这次能有好运。想到这里，他快步走上前去，用手轻轻地抚摸着扭蛋机圆形的顶部，就像是在抚摸阿拉丁神灯一样。随后，灿宇不假思索地开口说道：

"我想要一个听我的话，不会惹我烦的弟弟或妹妹！"

灿宇虽然这么说，但他压根儿也不相信机器刚刚所说的话。恐怕在这个世界上，只有傻瓜才会相信吧？就在这时，众多的扭蛋中的一个开始滴溜溜地滚了下来。

原本好端端的灿宇，突然莫名其妙地心跳加速了。

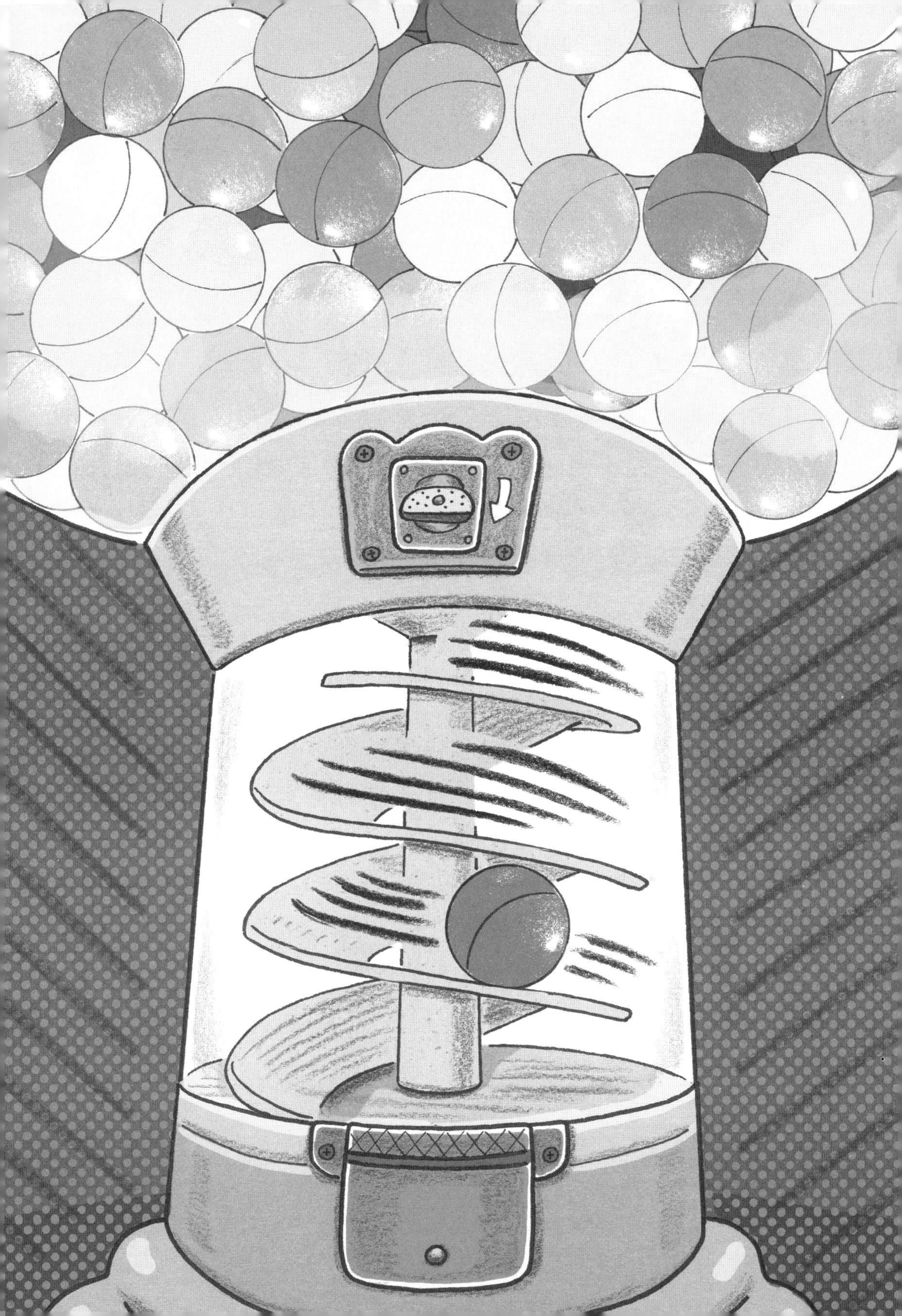

天啊！他真的是我弟弟吗

呃

　　灿宇拾起这个拳头大小的扭蛋，双手环抱，用力扭动。他是绝对不信扭蛋里面会出来一个弟弟或妹妹的，但如果能扭出自己喜欢的游戏角色手办可就太好了。可奇怪的是，不管灿宇怎么用力，扭蛋就是打不开。就像用胶水粘住了，或者说它原本就是一个无法打开的球体。哼哧扭了半天的灿宇突然气急败坏地大喊道：

　　"可恶！什么嘛！果然免费的东西都不怎么样。"

　　灿宇把扭蛋扔到了地上。只听见嘭的一声，

扭蛋裂开了。

眨眼间，一个穿着红色背带裤，头发蓬松的小男孩站到了面前。

"哥哥！"

小男孩不由分说地跑了过来，一把抱住了灿宇。

"啊！"

灿宇尖叫着推开了小男孩，吓得连连退后。

"快！快走开！你从哪儿来的？你到底是谁啊？"

"我是谁？从现在开始我就是你的弟弟啦。是哥哥你刚才选择了我啊。"

小男孩似乎有些担忧地后退了一步，恭敬地对灿宇解释道。灿宇惊讶地张大了嘴巴，身体僵硬得像石像一样。他猛地摇了摇头，似乎是想清醒过来。

"你在胡说些什么啊？你真……真的是从机器……不，真的是从扭蛋里出来的？"

尽管事情就发生在眼前，灿宇仍然难以置信。不知道是什么原因，这来来往往的人群中，也没有人觉得这个凭空出现的小男孩有什么奇怪之处。小男孩点了点头表示肯定。

"你不是说喜欢听话的弟弟吗？我可听话啦。"

灿宇仔细地打量着小男孩。作为一个从扭蛋机里出来的孩子，他能清楚地用语言表达，看起来也不像个玩具，更不可能是什么机器人或者鬼魂，他完全和真人一模一样。灿宇歪着头似乎想确认一下，用手指尖捅了捅小男孩。小男孩一副委屈的表情，对他说道：

"哥！我真的是人！和你

一样吃饭、拉屎、放屁。"

小男孩似乎想到了什么好主意，咧嘴一笑，撅着屁股倒退着向灿宇走过去，然后噗地放了一个屁！那是一个很响很臭的屁。灿宇连忙捂着鼻子后退，小男孩炫耀似的扭着屁股，一边散发出更大的气味，一边追逐着灿宇。

"哥哥！你这下相信我是真人了吧？"

"知……知道啦。快点儿停……停下来。"

灿宇话音刚落，小男孩立刻就停了下来，像一只听话的小狗一样，呆呆地眨着眼睛。灿宇很满意这个对自己言听计从的小男孩，问他叫什么名字。小男孩开心地回答：

"刘珉宇。"

珉宇开朗地笑了，灿宇也跟着笑了。没想到这个小男孩连名字起得都像是自己的弟弟。可一想到名字，灿宇又想到了自己的亲弟弟英宇。

"只要哥哥愿意，可以随时把他换回来。"

珉宇指了指扭蛋机，听他话里的意思，英

宇似乎在里面待得不错。就在灿宇思考的时候，珉宇又补充道：

"不过，我觉得哥哥肯定不会有那样的想法的，因为我真的真的很听话。"

珉宇很自信。灿宇又认真思考了一会儿。既然随时都可以换回来，那就没必要担心英宇那家伙了。

即使不是这样，现在能避开一阵子英宇的捣乱和吵闹，也让灿宇感觉很不错。更何况，灿宇从来没见到说话这么恭敬的弟弟，看样子不管自己说什么，他真的都会乖乖地听话。

"要不要现在就试试看？"

灿宇被自己瞬间产生的想法逗得扑哧一声笑了。他赶忙拉住珉宇的手说：

"珉宇，我们去游戏区那边吧。"

几天前，一款据说非常有趣的游戏上线了。为了吸引更多的孩子，超市的游戏区提供了游戏的试玩。灿宇也来过几次，但每次都因为英宇的缘故没法试玩。

不过，今天的运气似乎很好。

不一会儿，结束了游戏的灿宇步履轻快，他不仅玩得很开心，还获得了很高的分数。他一蹦一跳地走着，用胳膊搂着珉宇的肩膀说：

"珉宇啊，你真的让我太满意了。"

"哥哥，这根本算不上什么，嘿嘿。"

珉宇挠了挠蓬松的头发，吸了吸鼻子。

刚才玩游戏的时候，珉宇按照灿宇的指示，

一动不动地乖乖待着。游戏的时间并不短,但是珉宇既没有吵闹,也没有捣乱,更没有抢着要自己玩。有一个这样听话的弟弟,以后不管做什么都不用担心被打扰了。灿宇忍不住嘻嘻地笑出声来,看着一旁的珉宇觉得他更亲切了。

"我们去那边吃点儿什么吧?"

灿宇指着前面的试吃区域,好心地建议着。珉宇喊着:"哇,好呀!"他跟灿宇一唱一和。

灿宇和珉宇先后试吃了面包、包子、比萨、炒年糕还有意大利面,还喝了牛奶。珉宇吃得尤其香。

"哥,这个真的真的很好吃!"

"呃,是啊……"

灿宇的表情开始有些僵硬了。因为珉宇一直在不停地撒娇要吃这吃那,售货员阿姨的脸色都不太好了,有的甚至还批评了作为哥哥的灿宇。灿宇带着脸上和身上都是食物残渣的珉宇来到了超市的一个角落。

"喂,都怪你,他们都在批评我。哎哟,看

看你这个样子，鼻涕都快流进嘴巴里了，快点儿弄干净。"

珉宇听到哥哥这么说，吸溜一下把鼻涕吸进了嘴巴里，一副满不在乎的样子。灿宇见状哇的一声干呕起来，一脸的嫌弃，就仿佛看到了世界上最恶心的事情。

哥哥

意大利面

哥哥

哥哥

哥哥

包子　　牛奶　　炒年糕

这时有人拍了拍灿宇的肩膀。

"灿宇，你也在这儿啊？"

朋友道彬高兴地过来打招呼。灿宇就像正在做坏事时被别人发现的小孩一样，吓了一大跳。道彬的嘴巴不太严，如果被父母知道自己在外面换了一个弟弟，他肯定会被狠狠地训斥一顿。一想到这里，灿宇慌忙把珉宇藏到了自己身后。

"道……道彬，你怎么会在这儿？是来买东西的吗？"

"今天这里不是搞活动嘛，说是只要带着弟弟妹妹来，就免费赠送一个游戏手办。我让妈妈五点时从家里把妹妹接过来。"

"是吗？我都不知道……"

灿宇突然对带着弟弟领游戏手办的事儿有些担心。灿宇非常想要那个手办，只是不知道带着珉宇过去领，能不能领到？道彬歪着头继续说：

"我刚才往你家里打了电话，阿姨说你带着

珉宇去超市了，我还以为你早就知道这个活动了呢。"

灿宇惊讶得眼珠子都差点儿掉出来了。因为道彬刚刚分明说的是"珉宇"，而且听他话里的意思，妈妈好像也知道"珉宇"。

"道……道彬，你怎么会认识珉宇，还有我妈妈……"

"你在说些什么啊？我怎么会不认识你弟弟刘珉宇，你在和我开玩笑吗？"

喂！

道彬打断了灿宇的话，脸上是一副莫名其妙的表情。就在这时，从灿宇的身后散发出一股浓烈的、百年不遇的臭屁味儿。

道彬和灿宇赶紧捂住鼻子连连退后。珉宇不好意思地挠着蓬松的头发笑了笑，又吸溜了一下流出来的鼻涕说：

"哥，我好像吃得太多了。嗝！"

道彬皱着眉头说：

"唉，你弟弟怎么这么邋遢？"

道彬只留下了一句"稍后见"，就急匆匆地逃跑了。灿宇气得火冒三丈。

"喂！都怪你，我的脸都丢光了！"

灿宇一边喊着一边用手用力地在珉宇头上弹了一个脑崩儿。就在那一刻，不可思议的事情发生了。前一秒钟还在眼前的珉宇一下子消失了，原本他站着的位置上只剩下一个拳头大小的红色扭蛋。

像小鸡一样可爱的妹妹

灿宇小心翼翼地环顾四周。照理说,周围的人都应该能看到珉宇的突然消失,但没有一个人发觉有什么不对劲儿的地方。灿宇盯着地上的扭蛋,自言自语着:

"怎么会突然消失了呢?"

灿宇在脑中把刚才发生的事儿从头到尾又回忆了一遍。思来想去,他觉得应该是因为弹了那个脑崩儿才导致珉宇消失的。灿宇歪着头自言自语:

"这可该怎么办……不能就这么放着这个扭蛋,也不能扔掉……"

灿宇犹犹豫豫地捡起地上的扭蛋，正在左右为难的时候突然想起道彬刚刚提过，只要带着弟弟妹妹过去就能免费领取游戏手办。灿宇把扭蛋往口袋里一塞，快步向扭蛋机走去。虽然不知道究竟是何原因，但从扭蛋机里出来的弟弟妹妹好像都是真的弟弟妹妹。甚至就连妈妈都这么认为。既然如此，即使英宇不在，也不用担心得不到活动赠送的游戏手办了吧？

扭蛋机像刚才一样很亲切地欢迎了灿宇。灿宇抚摸着扭蛋机的圆顶，思考着要选一个什么样的弟弟妹妹。即使再听话，但如果像珉宇一样脏兮兮的，好像也不太好意思带着他出去。灿宇想起道彬说他一会儿要带妹妹过来，于是下定决心，非常认真地对扭蛋机说：

"我想要一个爱干净又可爱的妹妹！"

灿宇以前就羡慕朋友家里有可爱的弟弟妹妹，再加上他从来没有过妹妹，因此更加激动了。就在灿宇浮想联翩的时候，一个扭蛋开始从机器里旋转着滚落下来，灿宇充满期待地微

笑起来。

　　灿宇拾起拳头大小的黄色扭蛋，迫不及待地想打开确认，但是扭蛋纹丝不动。灿宇只好小心翼翼地把它扔到地上。伴随着嘭的一声响，扭蛋裂开的瞬间，一个可爱的小女孩出现了。

　　"哥哥！"

　　小女孩的声音和她的脸蛋一样可爱。她走到了灿宇的跟前。灿宇虽然还是很惊讶，但已

哥哥

经不像第一次那样惊慌和害怕了。

她穿着黄色的连衣裙,看上去就像一只毛茸茸的小鸡。灿宇笑着问:

"很……很高兴见到你,你叫什么名字?"

"我叫恩宇,刘恩宇!哥哥,我们去那边转转吧。"

恩宇指着摆满玩偶的地方。灿宇看了一眼手表,幸运的是距离活动开始还有一段时间。不等灿宇回答,恩宇就一把抓住了他的手。

灿宇假装力气比不过恩宇，在她的牵引下向前移动着。看到他俩手拉手走路的样子，路过的人纷纷说道：

"天啊，妹妹长得真漂亮，是因为长得像哥哥才这么漂亮吗？"

"我也希望能有一个这么可爱的妹妹。"

"妹妹看上去很喜欢哥哥呢。"

灿宇听了这些话后，把胸脯挺得高高的，他觉得自己选到一个这样可爱的妹妹实在是太好了，带着她无论去哪儿都会很开心。

灿宇像对待婴儿一样，小心翼翼地呵护着紧握自己手的恩宇。可是没走多远，恩宇就转动着大大的眼睛对他说：

"哥哥，我腿疼，背背我吧。"

灿宇不知道该怎么办，他以前从来没有背过别人。可面对恩宇的撒娇，灿宇还是蹲了下来。卖玩偶的地方离得不远，只背到那里的话应该没问题。可是，后背上的恩宇似乎不是这么想的。她一会儿对这边很好奇，一会儿又想去那边看看，完全没有要从他背上下来的打算。终于，灿宇好不容易哄着恩宇来到了卖玩偶的地方。和上气不接下气的灿宇不同，恩宇一看到摆放的玩偶就发出了欢呼声。

"哇！这个太可爱了！"

她扑进超大的泰迪熊玩具的怀中，笑得很开心。在灿宇眼中，恩宇比玩具熊更可爱，但是因为累得气喘吁吁，他什么话也说不出来了。但是从这时起，恩宇开始不停地向灿宇提出各种要求。例如给她拿够不到的玩偶，把拿下来哥哥,那边!

哥哥!咱们去那儿吧。

哥哥!
哥哥!
哥哥!
哥哥!
哥哥!

恩……恩宇啊……

的玩偶再放回去,再看看别的玩偶,等等。虽然很麻烦,但是灿宇还是答应了她的请求。

恩宇逐一抚摸、拥抱、亲吻着玩偶。灿宇渐渐觉得无聊起来,打了个哈欠。恩宇举着一个漂亮的公主娃娃说:

"哥哥,这个长得像我吗?"

灿宇赶紧点了点头,恩宇紧接着又说:

"哥哥,给我买这个吧?"

"什么?这么贵的娃娃我怎么买得起呢?"

灿宇一脸不悦地说道。恩宇好像很失望，噘起了嘴巴。她把娃娃扔回了货架，又走向别的地方，一边走一边生气地咬着嘴唇。不一会儿，她在卖发卡的地方停了下来。跟在后面的灿宇看着她正在摸一个镶满了宝石的王冠发卡，担心她又让自己买，就故意移开视线不去理睬。过了一会儿，恩宇用很轻柔的声音说：

"哥哥，我们走吧。"

灿宇长舒了一口气，赶紧跟在恩宇身后准备离开。就在这个时候，一声音响起：

"喂！那两个孩子！你们怎么能直接走啊。都还没有付钱呢！"

卖发卡的售货员追了出来，喊住了灿宇和恩宇。灿宇一脸惊讶地问要付什么钱，售货员指了指恩宇的头上。天啊！灿宇这才发现，恩宇竟然把王冠发卡当作自己的东西一样，堂而皇之地戴上就走了。恩宇感觉到气氛有些不对劲，就把发卡用力地攥在手里，开始耍赖。

"这是我的！我的！恩宇的！"

呜哇哇

　　售货员哄劝着恩宇，但是毫无效果。恩宇说什么也不肯松开发卡，而且哭闹得越来越厉害。无奈的售货员也没有别的办法了，只好询问灿宇他们的妈妈在哪里。围观的人也开始议论纷纷。灿宇感到既丢脸又生气，急得直冒汗。他好不容易才把发卡从恩宇手里夺过来还给了售货员，灿宇带着恩宇来到了一个拐角处说：

"你这样耍赖怎么行!你听听别人都说了什么!"

看到灿宇凶巴巴的样子,恩宇一屁股坐到地上,哭得比刚才更大声了。灿宇见状觉得头都要裂开了,下意识地又在恩宇头上弹了一个脑崩儿说:

"唉,真烦人!你别再哭了!"

独立的妹妹

灿宇又一次站在了扭蛋机前，他郑重地抚摸着扭蛋机的圆顶说：

"不邋遢，不哭，不耍赖……"

灿宇安静地想了一会儿，希望这次能选到一个满意的弟弟妹妹。他看着口袋里红色和黄色的扭蛋，摇了摇头。即使再听话、再漂亮、再可爱，也起不到什么作用。

"嗯……我想选一个不会打扰我……能独立照顾好自己的弟弟妹妹！"

灿宇嘻嘻地笑了起来，觉得自己说得如此详细，这次出现的弟弟或妹妹肯定不会再惹什么麻烦了。

这样的话，不管何时何地灿宇都可以尽情地做自己的事情，不用再担心被打扰了。

嘭！

蓝色扭蛋打开的瞬间，一个干脆利落的小女孩站在了那里。她戴着一顶蓝色的帽子，看上去像个侦探。灿宇没想到这次出现的又是妹妹，不过只要不会干扰到自己，不管是弟弟还是妹妹都无所谓。不等灿宇开口，小女孩抢先说道：

"我的名字叫智宇，刘智宇。哥哥的名字是刘灿宇，对吧？我对所有的事儿都很感兴趣。"

哦

灿宇还没来得及回答，智宇又飞快地补充道：

"我要去卫生间，哥哥也去吗？"

"呃，我……我不用了。卫……卫生间在那边……"

"我知道。都写在那里了。"

智宇指了指指示牌，然后一副自己完全能搞定的样子，从容自信地走了过去。灿宇很庆幸智宇没有要求自己跟着一起去。

"果然，独立自主的妹妹最棒了。"

这时，卫生间旁边的花圃映入了灿宇的眼帘。他想起妈妈让自己买一个小花盆的事。

妈妈和花圃的阿姨很熟，她还提前和阿姨打过电话了。所以灿宇刚一走进花圃，阿姨就开心地和他打招呼了。

"灿宇来啦，你妈妈在电话里都和我说好了。"

阿姨一边说一边递给灿宇一个装着小花盆的盒子。

"咦？怎么没看见智宇啊？听说你们是一起来的。"

灿宇对阿姨和妈妈都知道了智宇的存在感到很神奇。

"她……她去卫生间了……"

灿宇正犹豫着该怎样回答时，智宇上完卫生间后就快步走了过来，抢着打招呼道：

"阿姨好，花盆还是待会儿回家的时候再取走吧。我哥哥毛手毛脚的容易把它打碎。家里的花盆就是被他打碎的。"

灿宇非常无语，他打碎花盆是因为意外跌倒才导致的。不等一脸委屈的灿宇开口解释，阿姨继续说道：

"好吧，智宇说的也是。再过一会儿活动就要开始了，那边的人会很多。你们也是为了领那个手办才来的吧？听说是先到先得，现在已经排了

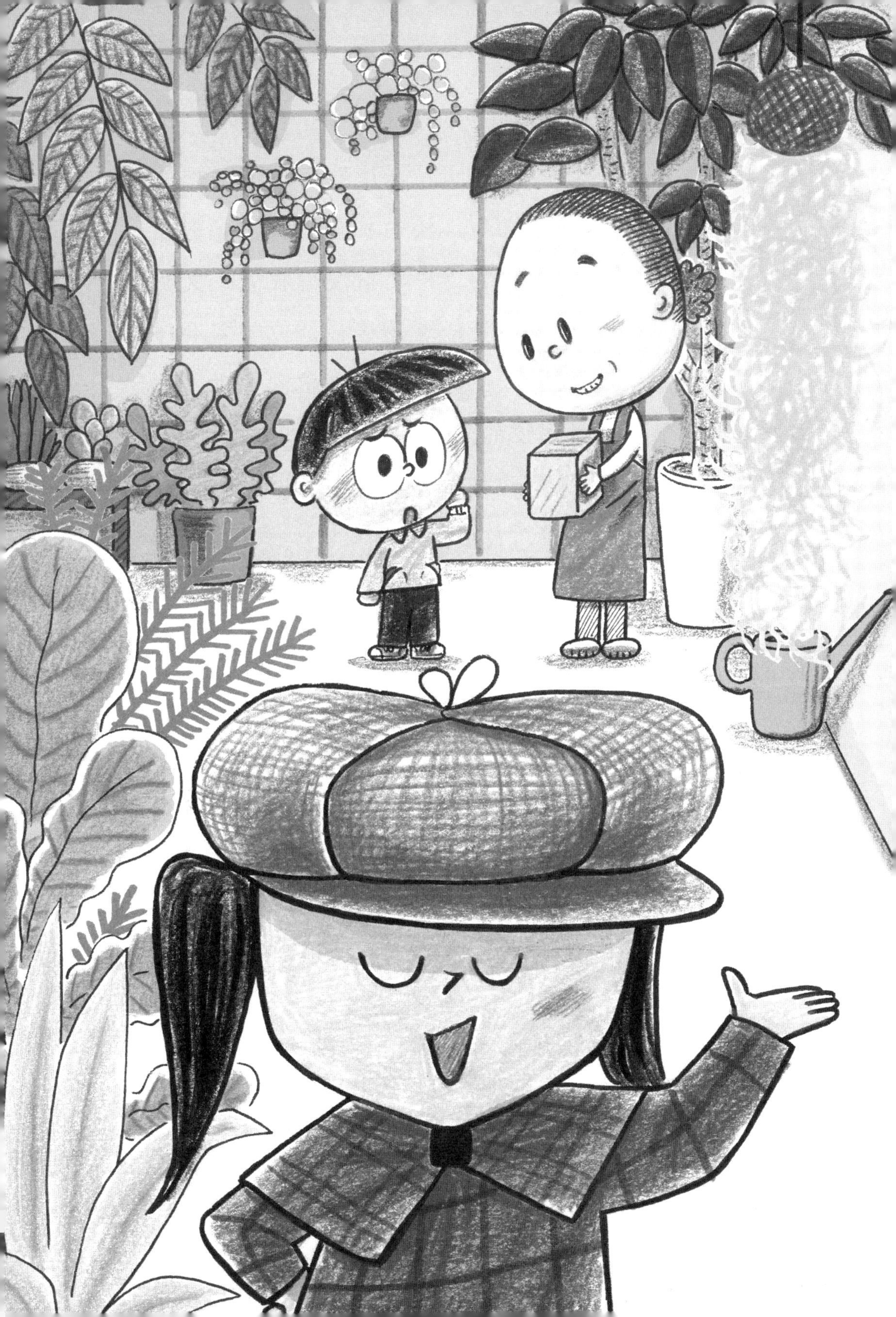

不少人了。你们也早点儿去游乐场那里看看吧。"

阿姨指了指通向二楼的扶梯。灿宇顿时紧张起来，心里直埋怨道彬之前没有把先到先得的事情告诉自己。早知道是这样，他肯定会早早就过去排在头一个。灿宇正要跑向自动扶梯时，智宇拉住了他的手说：

"哥哥，走那边的楼梯会更快一些。"

看着一边挤对自己，一边又帮忙出主意的智宇，灿宇有些搞不清自己到底是讨厌她还是喜欢她。

游乐场前面已经排起了很长的队，大多数孩子都是带着弟弟或妹妹，但也有几个孩子是和父母一起来的。可能是因为超市就在小区门口的缘故，灿宇见到了不少朋友，其中就有道彬。多亏了智宇带着灿宇走了近路，道彬虽然先来一步，可位置也并没有靠前多少，这让灿宇心理平衡了不少。

果然，选择一个独立自主、精明干练的妹妹是对的。

灿宇满意地看着智宇，嘻嘻地笑了起来。可智宇这会儿正饶有兴趣地打量着每一个排队的人，看起来好像很兴奋。

然后她就开始走到孩子们身边，与孩子们窃窃私语起来。孩子们一边笑一边看向灿宇。就在灿宇一头雾水的时候，智宇走到了道彬的身边小声说着什么。虽然声音很小，但是因为距离很近，灿宇还是一字不落地全都听见了。

"道彬哥哥，你知道吗？"

道彬一脸疑惑地问："知道什么？"

智宇正了正头上的帽子，继续说："我哥哥骂过道彬哥哥，说你嘴巴不牢，连个把门儿的都没有。"

灿宇气得张大了嘴巴，却什么话也说不出来。虽然之前自己私下说过类似的话，但智宇怎么能在这种场合大张旗鼓地宣扬呢？道彬气冲冲地走过来，一把揪住了灿宇，在他眼前晃动着拳头，还威胁着说下次一定会好好教训他。面对比自己块头大很多的道彬，灿宇吓得什么话也不敢说。

道彬又重新回去排队了。灿宇赶紧朝智宇做手势让她快点儿回来。智宇却装作没看见，这次开业10周年回馈!

她又走到了一位阿姨身边说:

"阿姨,你知道吗?我哥哥都上三年级了,最近竟然还会尿床。你说可不可笑?那边站着的就是我哥哥。他可比看上去的还要马虎,真让我心累啊。"

阿姨笑呵呵地抚摸着智宇的头发,周围的孩子们听后都笑得前仰后合。灿宇涨红了脸把智宇从人群中拉了出来,带到了超市的一个角落里。他实在太生气了,浑身都在颤抖着,他用尽全力在智宇头上弹了一个脑崩儿说:

"喂!你怎么能说这样的谎话!"

哎！你真是的……

啊，这是怎么回事

灿宇在那儿站了很久，气不打一处来。

"编造谎话还打小报告的妹妹最讨厌了！"

就在灿宇气得直跺脚的时候，游乐场前方的小舞台上传来了主持人的声音：

"大家好！谁知道今天是几月几日？"

"10月31日！"

台下的人大声回答道。主持人又用更大的声音说：

"是的，没错。今天不仅是万圣夜，也是我们天空超市十周年的店庆。今天不管你是和家人一起来的，还是和朋友一起来的，我们都准备了丰富多彩的活动供大家参加。那么，我们现在就开始各位期待已久的第一个活动，向兄弟姐妹结伴前来的顾客赠送礼物。我看到队伍已经排了很长了，我们会把准备好的游戏手办和糖果送给最先来到的那些朋友，送完为止哟。"

听到"送完为止"这句话，灿宇震惊得像是头部受到了重击一样，他这才想起此刻自己身边没有弟弟妹妹。他赶忙跑下楼梯，向一层的玩具区冲去。自打出生以来，灿宇好像从来没有跑得这么快。

站在扭蛋机前面的灿宇心急如焚，手忙脚乱地摸着扭蛋机的圆顶。他很想像刚才那样详细地说出自己想要什么样的弟弟或妹妹，但是时间太紧迫了，而且他也没有事先考虑好这个问题。

"那个那个……"

就在灿宇犹豫不决的时候，二楼活动现场主持人的声音又传了过来：

"已经有很多朋友拿到了礼物，活动很快就要结束了，还没有得到礼物的朋友请快一点儿过来。哦？这位朋友带来的是双胞胎弟弟，我们为他特别送出双份的礼物，大家没有意见吧？"

灿宇的眼睛瞬间亮了起来，不假思索地脱口而出：

"双胞胎，不，三胞胎！"

然后，他担心漏掉了什么，紧接着补充说：

"三个各方面都完美的弟弟妹妹！"

灿宇就像在炎炎夏日吃下了冰激凌一样，感到既清爽又甜蜜。虽然很仓促，但这无疑是一个很棒的决定。双胞胎有什么了不起，自己带来的可是三胞胎！那岂不是可以拿到三个手办？而且，灿宇对最后一刻补充上的"完美"这个条件扬扬自得，他瞥了一眼口袋里面红、黄、蓝三个不同颜色的扭蛋，皱起眉头自言自语：

"要是从一开始就抽到一个完美的弟弟妹妹，我就不用吃这么多苦头了。"

双胞胎 三胞胎
不，各方面都完美的弟弟妹妹

灿宇盯着扭蛋机，期待着这次从里面会出现什么样的扭蛋。但是等了很久，扭蛋机完全没有一丁点儿要掉出扭蛋的迹象。

"哎呀，就快没时间了，是不是我的条件太苛刻了？"

就在灿宇忍不住要拍打扭蛋机的瞬间，一

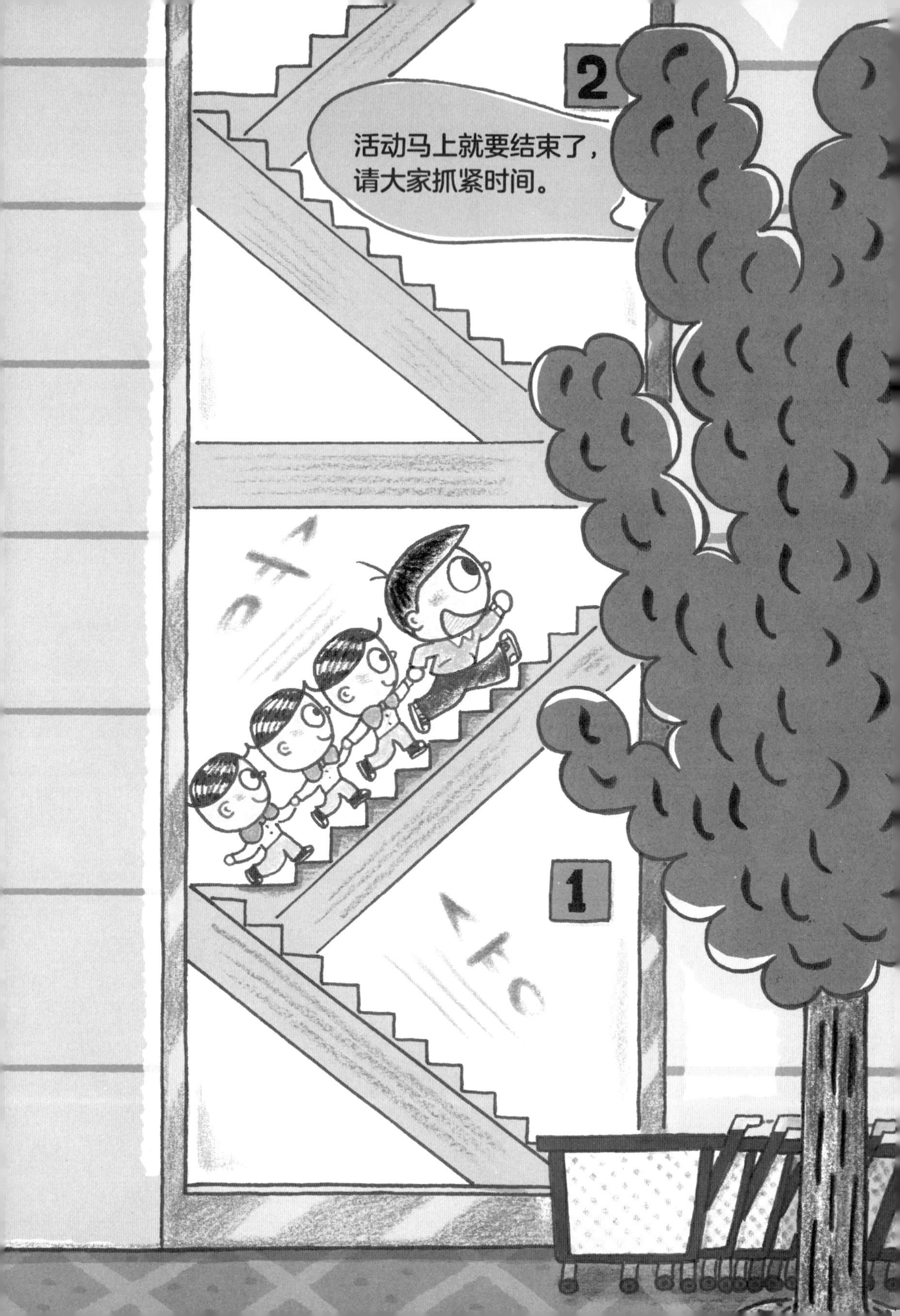
2
活动马上就要结束了，请大家抓紧时间。
1

个绿色的扭蛋从众多五颜六色的扭蛋中滚落出来，开始沿着管道螺旋下降。灿宇的心情一下子沉到了谷底，自己明明说了想要三胞胎弟弟妹妹，应该出现三个扭蛋才对。

"哼，看来一次没办法扭出三个，真小气！"

但是绿色的扭蛋嘭的一声裂开的瞬间，灿宇发出了欢呼声。三个长得一模一样的小男孩出现了，他们都戴着整齐的绿色领结。一眼看上去就知道他们干净整洁、不会耍赖、精明干练、乖巧听话。除此之外，他们长得也非常可爱，脸上一直笑眯眯的，简直就是完美的弟弟。三个小男孩看见灿宇，一边开心地笑着，一边向他挥手致意。

"哥哥好！"

灿宇草草地和他们打过招呼，就急匆匆地和他们手拉着手，飞快地冲向二楼。三个小男孩也紧紧地跟在他的后面。

"哇！简直太棒了！"

灿宇爱不释手地捧着三个游戏手办看了又看，每一个都让他很满意。再看看此刻走在前面，安静地吃着棒棒糖的三胞胎弟弟们，觉得他们愈发可爱了。有些孩子和他们的弟弟妹妹因为手办争吵了起来，可三胞胎弟弟们却理所当然地认为手办就该是哥哥的，自己拿到一个棒棒糖就足够了。灿宇觉得这次真的选到了很棒的弟弟。像这样的弟弟别说三个，四个、五个都不成问题。

就在灿宇一脸满足地看着三胞胎的时候，三个小男孩突然朝垃圾桶走去，他们把之前一直攥在手里的棒棒糖纸都扔进了垃圾桶。甚至连别人丢在地上的饼干袋，也被他们捡起来放进去了。周围的人看到了，纷纷围过来夸奖道：

"天啊，这几个孩子太乖巧，太可爱了。"

"这么小就知道要把糖纸丢到垃圾桶里，真

是难能可贵啊。"

面对周围人的表扬，三个小男孩很有礼貌地鞠躬道谢，还把自己手里的糖果分给了别的小朋友。这一举动又让他们赢得了更多的称赞。灿宇被挤到人群后面，孤零零地看着正在发生的事，他心中有了一丝异样的感觉。看到人们交口称赞三胞胎弟弟乖巧懂事，这让灿宇觉得自己一无是处，似乎变成了空气中飘浮的一粒微尘。

灿宇噘着嘴，钻进人群中喊道：

"喂！你们几个在干什么？快点儿给我

过来！"

见到灿宇在发脾气，三胞胎抱歉地笑着回答：

"好的，哥哥。"

看到三胞胎如此懂事，赞扬他们的声音更多了。有的人还说他们各个方面都比这个哥哥强多了。

灿宇的脸越来越烫，赶忙带着三胞胎，快速地向楼梯走去。他的脚步又急又重，轰隆轰

隆地似乎要把这楼梯都砸塌了。就在这时，他一不小心一脚踩空了，在楼梯上摔了一跤。他口袋里的三个扭蛋瞬间弹了出来，滚落到了楼梯底下。

嘭！嘭！嘭！

三个扭蛋同时裂开了，珉宇、恩宇和智宇也同时出现在了眼前，他们一起喊着灿宇哥哥。灿宇惊讶得眼珠子都快要掉出来了。

"啊!"

不知道是幸运还是不幸运,三胞胎好像不记得方才发生过的事了,就像刚刚从扭蛋里出来一样。接着,意想不到的事情发生了。

"喂,这是我哥哥!"

"才不是,是我哥哥!"

"哼,一看就知道是我哥哥!"

三个孩子面对面地争执起来,一旁的三胞胎也同时插进来说:

"好奇怪啊,他应该是我们的哥哥才对!"

三胞胎的话音刚落,六个孩子就扭打在一起了。他们在地上滚来滚去,高声哭喊着,用手互相弹着别人的脑崩儿,结果他们都消失了。

从没有过这样的感觉

灿宇失魂落魄地望着六个孩子消失的位置。不知道为什么，这次连扭蛋也一起消失了。

"天啊，这到底是怎么回事！"

灿宇一时没反应过来到底发生了什么。这时，有人急切地喊着他的名字。

"灿宇啊，灿宇啊！"

他回头一看，原来是妈妈来了，灿宇吓得一激灵。要是被她发现弟弟英宇不见了，妈妈肯定会狠狠地训斥自己一顿。

"妈……妈妈，那个英……"

灿宇结结巴巴地不知道该如何解释。妈妈

走过来一把抓住了他的手说：

"原来你在这里呀，妈妈都找了你半天了。抱歉让你一个人来超市，妈妈一直不放心，都没办法安心工作了。我已经给爸爸打了电话，让他今天也一起过来，我们就在这儿吃晚饭。怎么样？"

灿宇有点迷糊了。妈妈明明说了"一个人"，她对英宇毫不关心。灿宇正不知所措时，妈妈看了看手表说：

"哎呀，时间都这么晚了，爸爸应该已经到了。灿宇啊，咱们赶紧去餐厅吧。"

妈妈牵着灿宇的手走在前面。灿宇终究还是放心不下英宇，深吸了一口气对妈妈说：

"妈……妈妈……英宇他……"

"英宇？英宇是谁？是你新认识的朋友吗？"

妈妈说到英宇就仿佛是在说一个陌生人一样，她对英宇一无所知。而且看妈妈的表情，她不像是在开玩笑的样子。就在灿宇茫然失措的时候，妈妈耸耸肩继续说道：

"今天就点灿宇喜欢吃的吧。比萨？还是炸鸡？"

天啊！灿宇都不记得上次一家人出去吃比萨或炸鸡是什么时候的事了。每次灿宇说想吃，都因为英宇的原因吃了别的。灿宇情不自禁地咽了咽口水。

"真……真的可以吃比萨吗？"

灿宇难以置信地试探着问道。妈妈很肯定地点了点头。

灿宇走出比萨店门口时，脸上洋溢着满足的笑容。铺满了肉和芝士的比萨实在是太诱人了，而且刚刚出炉的比萨吃起来更加美味。

"看到灿宇吃得这么香，爸爸也很开心。我决定了！你有什么想要的就去买吧。"

"真的？"

灿宇瞪大了眼睛，难以置信地问道。

爸爸故意拨乱了灿宇的头发，爽快地回答：

"当然了。为我们独一无二的儿子买点儿东西算得了什么！"

灿宇在天空超市里自由地穿梭，尽情地选购喜欢的商品，度过了像巧克力一样甜美的时光。

不久之后，灿宇拉着爸爸妈妈的手站在人行横道前。他俩还替灿宇拿着他挑选的各种商品和好吃的零食。灿宇笑得合不拢嘴，轮流看着爸爸妈妈。他们俩也笑盈盈地回望着灿宇。灿宇觉得此时此刻无比的幸福，因为爸爸妈妈只看着自己，只关心自己。他真的已经很久没有这样的感觉了。

即使在游戏中获得了最高的等级，那种感觉也不会比现在更好。虽然很对不住英宇，但

是灿宇希望这样的时间能够永远持续下去。他情不自禁地哼起歌来，两只手分别握紧了爸爸妈妈的手，还调皮地晃来晃去。

不久之后，他们回到了家中，刚刚打开房门，爸爸的手机铃声就急促地响了起来。爸爸接听了没多久，又转身和妈妈交谈了几句。

妈妈一脸担忧地和灿宇商量道：

"灿宇啊，临时发生了一些紧急的事，妈妈和爸爸现在得出去一趟。我们会尽可能快一点儿赶回来,在那之前你可以自己待在家里吗?"

灿宇让妈妈放心地去处理事情,自己一个人可以玩玩游戏,看看电视,再吃点儿好吃的零食,如果还有时间就做会儿作业,不会有什么问题。

爸爸妈妈刚一离开,灿宇便欢呼雀跃起来。他一直有很多想一个人做的事,这样的独处时光他早就期待已久。灿宇把从超市买回来的东西哗啦啦地倒在了地上,手舞足蹈地跳起了扭屁股舞。

"哈哈哈!太兴奋了!"

新买的鞋子、衣服、帽子、书包都让他非常满意,爸爸妈妈以前好像从来没有单独给他买过这么多东西。一想到自己可以独享所有美味的零食,灿宇更是开心坏了。灿宇又翻开了新买的漫画书,这是近来最火的连载漫画,他迫不及待地想知道最新的情节。

灿宇一边吃着零食,一边看着漫画,看到有趣的地方忍不住咯咯笑出声来,随口说道:

"英宇啊，你看看这个画面，太搞笑了！"

话一出口，灿宇就被吓了一跳，他连忙环顾四周。房间里太安静了，安静得让灿宇感到陌生，还弥漫着一股异样的气氛。灿宇皱了皱鼻子，猛地合上了漫画书。

"算了，还是玩一会儿游戏吧。"

灿宇开心地玩起了新买的游戏，玩得比之前在超市试玩时更加得心应手。但是问题又出现了，随着时间的流逝，他越来越没法集中注意力了，眼神总是不由自主地瞥向房门。以往每到这个时候，房门总会突然被撞开。终于，心神不定的灿宇输掉了游戏，他腾地站起来，大踏步地走过去用力推开了房门，闷闷不乐地仰卧在客厅的地板上。他也考虑着要不要改玩会儿桌游、玩具机器人甚至战争游戏，可现在只有自己一个人，这些游戏要么没法玩儿，要么玩起来很无聊。

灿宇在地板上翻来覆去，最后郁闷地向空中用力地蹬了一脚。

"可恶！烦死了！
怎么这么无聊！"

灿宇一边嘟囔着，一边来到客厅打开了电视机，换了好几个频道终于找到了自己喜欢看的节目。可这个节目以前每次都是和英宇并排坐着一起看的，可以说是百看不厌，看到有趣的地方两个人甚至会大笑着从沙发上滚落到地上。可灿宇现在一点儿兴致都没有，也不觉得有趣，他

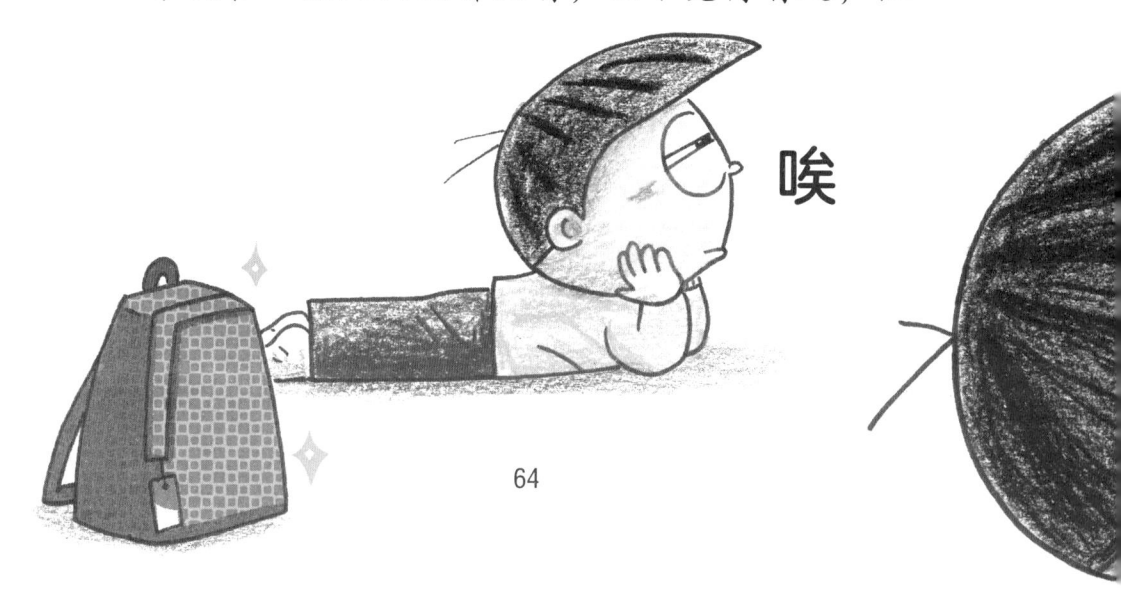

唉

嘟着嘴关掉了电视。

灿宇悄悄地环顾了一下这个房子。狭小的房子显得异常空旷。虽然没有门窗紧闭,但总觉得有一丝丝的冷风,不知道从哪里吹了过来。灿宇缩了缩肩膀,心里的某个地方开始隐隐地有些作痛。

"唉!"

灿宇叹了一口气,当他把目光转向阳台时,晾衣架上的东西吸引了他的注意。那是一条红色的毛巾。灿宇突然觉得喉咙有些发烫,泪水瞬间就夺眶而出了。在他模糊的视线中,那个披着红色毛巾扮成超级英雄的英宇正在跑来跑去。

"哥哥,我会打败所有的反派,别担心。"

灿宇用手不停地擦拭着眼角,可泪水依然止不住地流了下来。

"臭捣蛋鬼英宇……现在一个人在做什么呢……"

他恐怕现在也和自己一样在哭泣吧?想到这里,灿宇再也坐不住了。

"英宇啊!"

只要重新从扭蛋机里取出属于英宇的扭蛋,一切问题就都会得到解决吧?灿宇一边飞快地冲向超市一边想着。可就在灿宇穿过人行横道,马上要到达超市门口时,他却猛地站住了,连呼吸都几乎停止了。只见超市的大门紧闭着,灿宇看了一眼手表,已经过了营业时间了。当灿宇看到门上挂着的告示牌后,他更是一屁股坐在了地上。

11月1日闭店休息

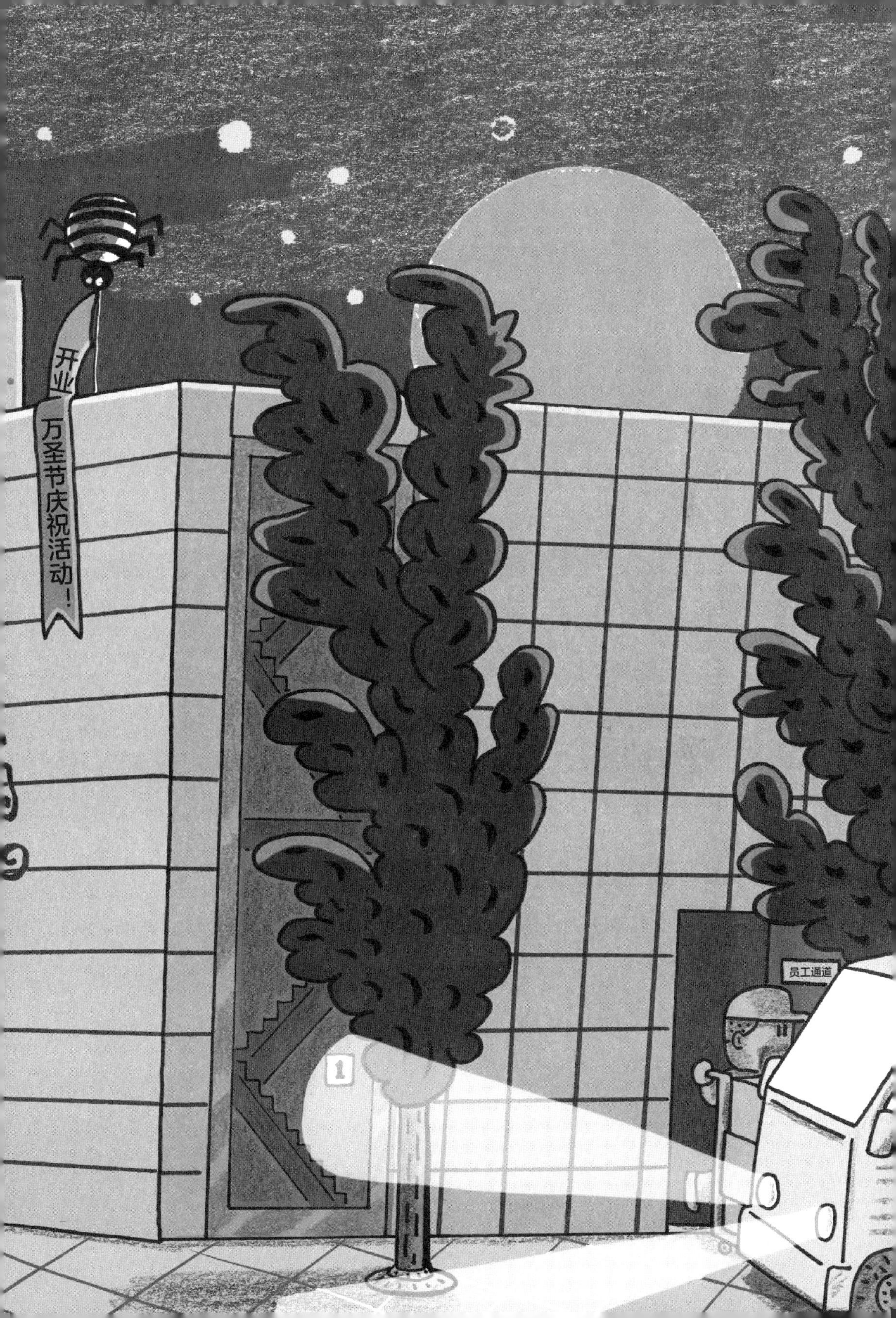
开业
万圣节庆祝活动！
员工通道

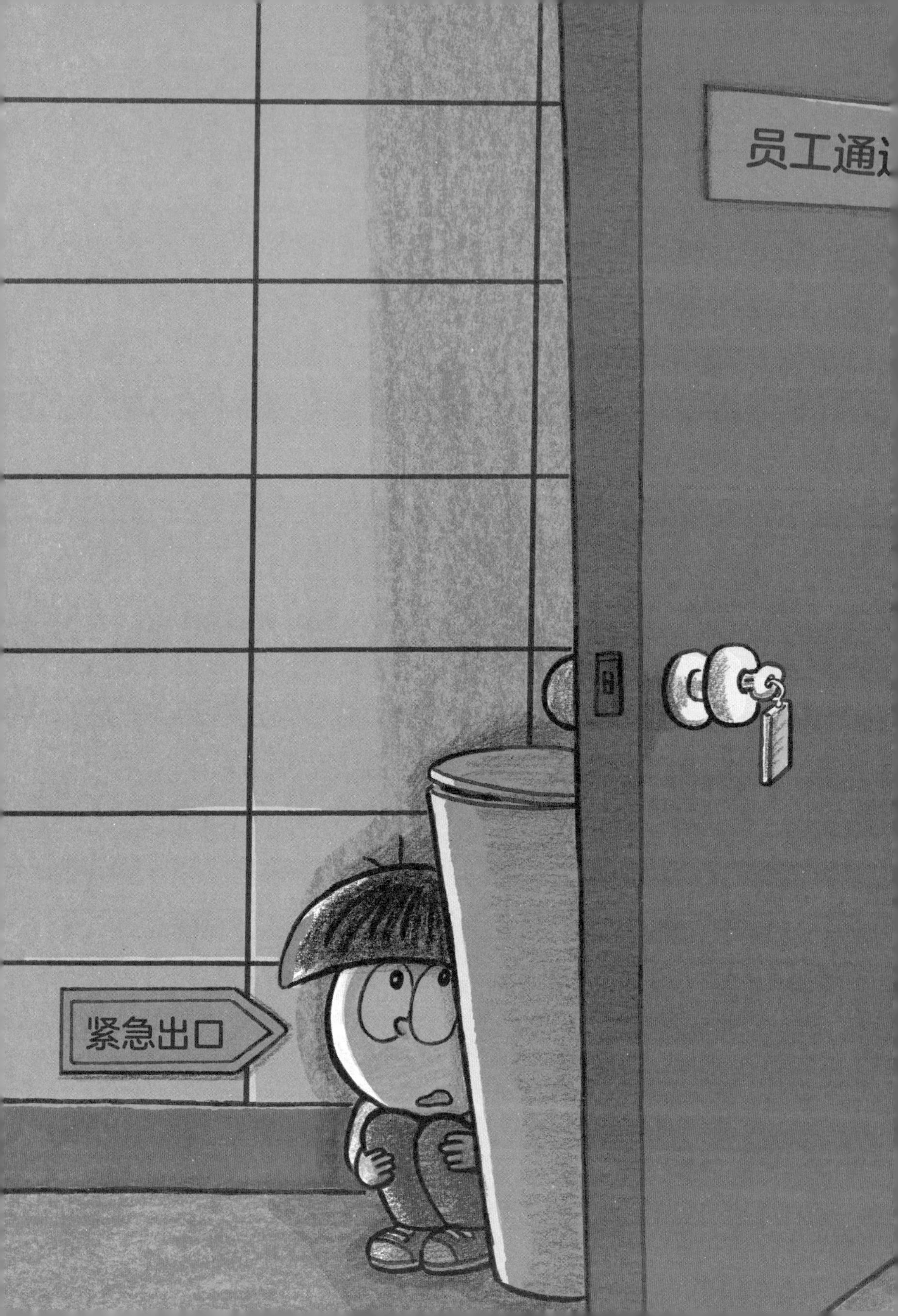
紧急出口

全宇宙最强的捣蛋鬼

灿宇感到左右为难,在超市前面不断徘徊着。

"假如明天闭店不营业……最快也要后天早上才会再开门。"

自言自语的灿宇狠狠地摇了摇头,不能让英宇待到那个时候。

"不管怎么样,得快点儿取出属于英宇的那个扭蛋……"

就在灿宇焦急万分的时候,超市门口传来了一阵响动。

灿宇俯下身子,悄悄地朝那个方向移动。

三四个超市的员工正费力地抬着一个大箱子从侧门走出来。这对灿宇来说或许是唯一的机会了。他趁着员工往卡车上装东西时，偷偷地从侧门溜了进去，迅速躲在了门后的垃圾桶旁边。虽然眼睛看不到，但灿宇能通过声音判断出装完车的员工正在检查门。

"只剩下我们了，走之前记得把门锁好。"

灿宇咽了咽口水。现在超市里只剩下他一个人了。虽然有点紧张和害怕，但一想到英宇，他还是努力让自己振作起来。

"把英宇从扭蛋里放出来后，我俩再想办法一起出去就行了！超市的门可能很容易就能从里面打开。不行的话就跟英宇在这儿开心地玩到后天早上吧。"

灿宇像是在给自己鼓劲儿似的自言自语。他咬着嘴唇，小心翼翼地站起来。晚上看到的超市和白天确实不一样，幸好还有些零星的灯光，但都比白天时黯淡了很多。灿宇急匆匆地赶往一楼卖场尽头的玩具区，扭蛋机就摆放在那个角落里。

灿宇穿过家电卖场，穿过服装柜台，在各种生活必需品货架之间转来转去，就在他马上要走进玩具区的瞬间，原本昏暗的灯光突然一闪一闪地亮了起来。

"怎么回事……"

灿宇担心地停下了脚步，四下观察着。灯光很快又恢复了正常，但是不知为何，感觉灯光比之前暗了很多，气氛也紧张了起来。灿宇搓着手臂上冒出来的鸡皮疙瘩，眼睛瞪得快要掉出来了。四处摆放着的万圣节南瓜怪物们都亮起了灯，都直直地瞪着灿宇。南瓜里晃动着的灯光，让它们的眼睛和嘴角像是动了起来，看上去更加令人毛骨悚然了。

"可恶！这……这些都是什么啊！好……好可怕！"

灿宇因为害怕，声音都颤抖起来。随后，他看到了挂满了天花板的蝙蝠正在伸懒腰，它们开始拍打着翅膀，还发出了咯吱咯吱的怪叫

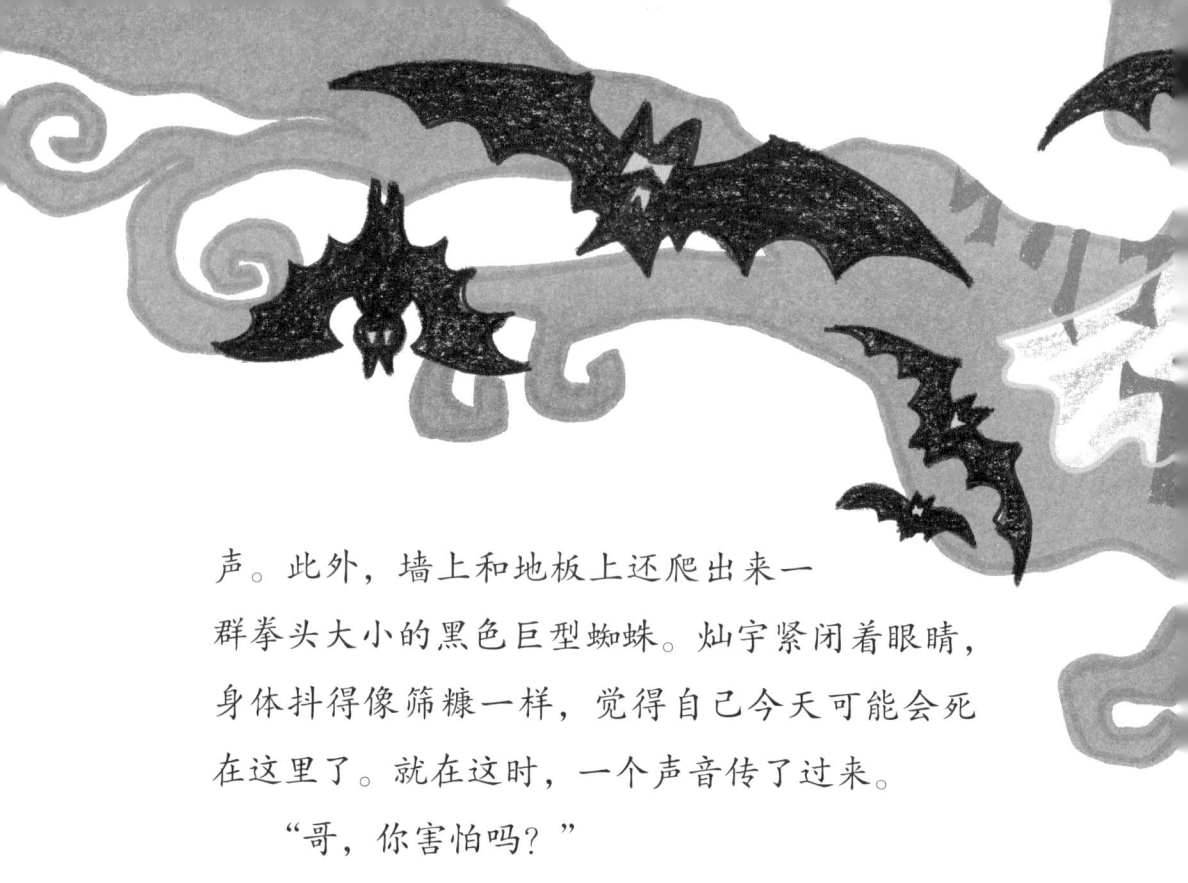

声。此外，墙上和地板上还爬出来一群拳头大小的黑色巨型蜘蛛。灿宇紧闭着眼睛，身体抖得像筛糠一样，觉得自己今天可能会死在这里了。就在这时，一个声音传了过来。

"哥，你害怕吗？"

那是一个电闪雷鸣、暴雨如注的夜晚，灿宇在双层床的上铺用被子把自己从头到脚裹得严严实实，英宇在下铺怯生生地发问。

"一点儿都不可怕。你是不是害怕了？"

"嗯，我担心哥哥也害怕，我来唱一首歌吧。"

咔咔

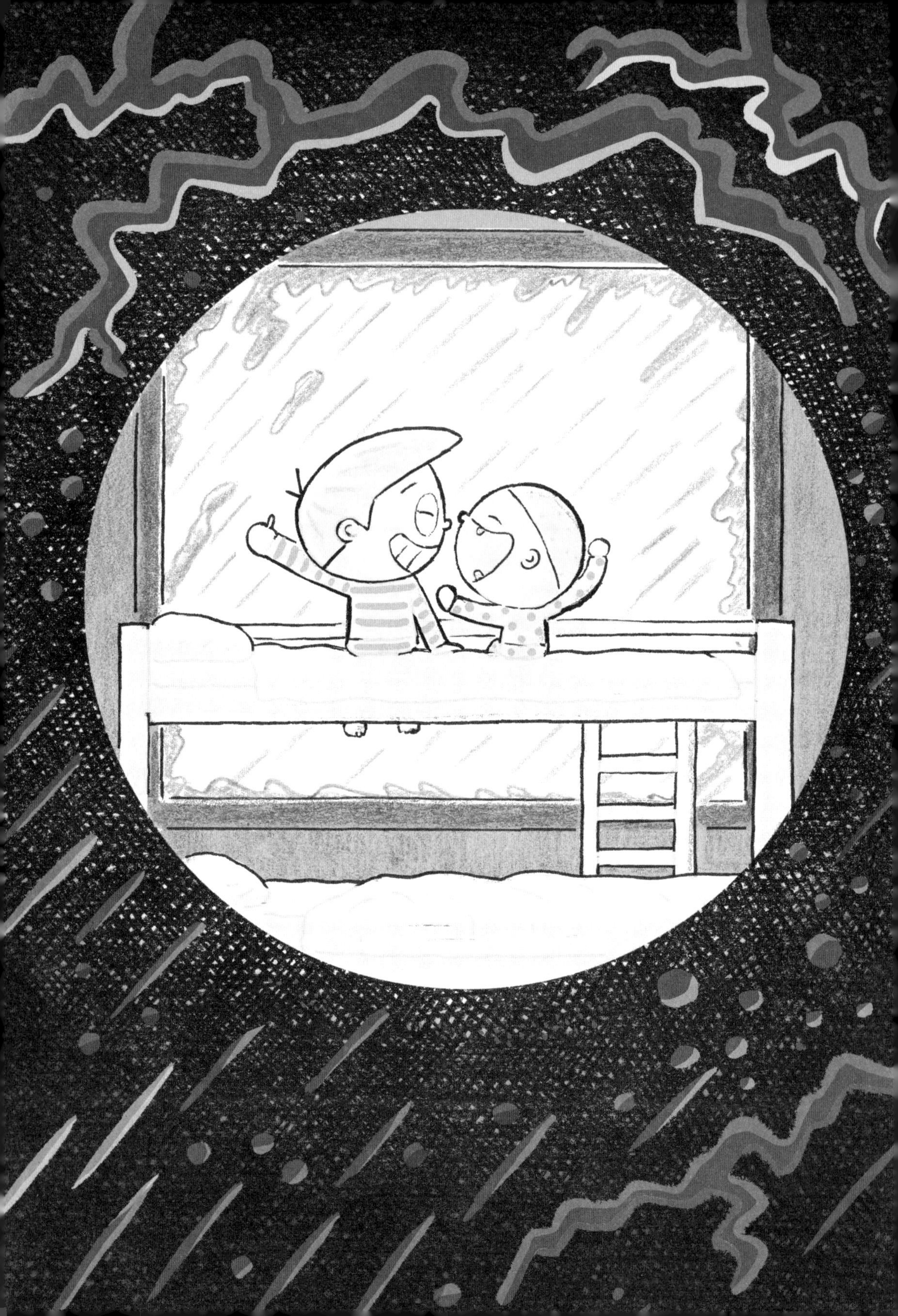

英宇突然开始唱起了《超级英雄》的主题曲。

可是五音不全的他把声调和节拍全都搞错了，记不住的歌词也是随意现编的。灿宇听后不禁捧腹大笑，之前的紧张害怕一扫而空，就连打雷的声音听起来都像是天空在打嗝一样。想到这里，灿宇不由自主地笑了。这么看来，因为有英宇在身旁而更加开心的时刻多得都数不过来了。害怕的时候，独自一人的时候，看有趣的东西的时候，玩玩具的时候，需要有人跑腿的时候，迫不得已要去洗澡的时候，都因为有了英宇，才变得生动有趣了。

灿宇也低声唱起了《超级英雄》的主题曲，同时在心里打定了主意，回头一定要找个时间好好教英宇怎么唱。说来也奇怪，灿宇的心莫名地安定下来。南瓜怪物们点亮的灯纷纷熄灭了，天花板上的蝙蝠和蜘蛛网上的巨型蜘蛛也都恢复了静止的状态。灿宇大步地走向摆放扭蛋机的地方，径直来到了能挑选弟弟妹妹的那台机器前。机器人和蔼的声音又响了起来：

"你好，你想选择弟弟妹妹吗？"

灿宇很快地点了点头，轻轻地抚摸着机器的圆顶，坚定而大声地说道：

"我想选英宇！刘——英——宇！"

灿宇期待着扭蛋马上就能出来。但是扭蛋机就像人类吃错东西了，只发出了咕噜咕噜的奇怪声音，一丁点儿想吐出扭蛋的意思都没有。片刻之后，说出了一句莫名其妙的话：

"抱歉，无法找到。"

"什么啊？怎么会这样？"

灿宇担心扭蛋机出了故障，心中十分不安。这时扭蛋机又继续说：

"请具体描述你想选择的弟弟妹妹。"

灿宇这才稍微理解了一些，赶忙补充道：

"全宇宙最强的捣蛋鬼，我的亲弟弟，刘英宇！"

但是扭蛋机又发出了咕噜咕噜声，重复着刚才说过的话：

"抱歉，无法找到。请具体描述你想选择的弟弟妹妹。"

"可恶！就是那个捣蛋鬼，每次我玩游戏的时候都要进来，写作业的时候也不断地打扰我，每天披着红毛巾扮成超级英雄打败反派的英宇！我唯一的亲弟弟！"

灿宇以为这么说，装着英宇的那个扭蛋一定会出现了。但扭蛋机仍然发出奇怪的噪声，还是说找不到。灿宇越来越急躁了，担心再这样下去，万一永远都找不到英宇了该怎么。灿宇绞尽脑汁，思考着如何才能在众多的扭蛋中找到英宇。

过了一会儿，灿宇深吸了一口气，认真地抚摸着扭蛋机，再次开口说道：

"我们家的英宇今年七岁了。虽然是个捣蛋鬼，但偶尔也有很可爱的时候。虽然天天都在妈妈身边打我的小报告，但他很喜欢和我一起玩儿。要是我不陪他玩儿，他就会变本加厉地捣蛋。"

灿宇说到这里，观察了一下扭蛋机的反应。扭蛋机似乎又要发出咕噜咕噜的声音，灿宇又连忙继续说道：

"英宇是在看过我小时候的照片后，才成为红毛巾超级英雄的。他喜欢模仿我做过的所有事情。他要和我穿同样的衣服，玩同样的玩具，吃同样的食物，尽管他有过敏性皮炎也还是喜欢吃比萨，这是只有我和英宇才知道的秘密。还有……不管我去哪里，英宇都要跟着，甚至连上卫生间都要一起去。我做的事情，不管他喜不喜欢，都想要和我一起做……这样看来……英宇……好像真的很喜欢我……"

灿宇慢慢哽咽起来，他擦了擦自己的眼角，继续自言自语：

"事实上……我也很喜欢我的弟弟……英宇……"

79

就在那一瞬间，灿宇非常非常想念自己的亲弟弟英宇。

只见一个发光的扭蛋从一动不动的机器中开始滚落，灿宇目不转睛地紧盯着，生怕它一眨眼就会消失。

"哥！"

一声熟悉的呼唤传入了耳中，灿宇猛地抬起头来。不知道怎么回事，周围突然亮如白昼，人来人往。灿宇看了看手表，此时正好是他和英宇一起刚刚来到超市的时间。灿宇若有所思地点了点头，长舒了一口气，嘴角慢慢地上扬起来。

"哥哥，哥哥！吸血鬼德古拉超级棒啦！真的真的，就像真的一样。"看过了德古拉的英宇兴奋地边喊边跑过来，声音大得整个超市都能听得到。灿宇很高兴地迎着英宇走去。

"你刚刚去哪儿了，又捣蛋……"灿宇习惯性地举起手，正要在英宇头上弹脑崩儿时，却突然停住了。随后他微笑着用手抚摸着英宇的头发，就像抚摸神灯或是扭蛋机的圆顶一样。

灿宇和英宇相互看着对方，开心地笑了起来。

作家的话

你喜欢什么样的弟弟妹妹

各位小朋友都有弟弟或妹妹吗？我有三个弟弟妹妹，在我小的时候，几乎每一家都有很多的兄弟姐妹，而我是我们家的老大。近些年，独生子女家庭越来越多，也许那些从小一个人长大的小朋友，都曾经想象过拥有弟弟或妹妹的情景吧？就像我一样，因为我从小一直都幻想着可以拥有一个哥哥或者姐姐。

假如真的有一台故事中的扭蛋机，你们都希望拥有什么样的弟弟或妹妹呢？在写这本书之前，我曾经问过不少的朋友，听到最多的回答就是"听话的弟弟妹妹"，也就是书中主人公灿宇选第一个弟弟时的回答。但弟弟妹妹只要听话就是最好的吗？事实未必如此。每个人都

有自己的优点和缺点。更何况，弟弟妹妹并不是为了要听我们的话才来到这个世界上的，反过来我们应该更加爱护和照顾他们才对。

那么世界上究竟有没有不吵吵闹闹的兄弟姐妹呢？这个嘛，我觉得恐怕是没有的。兄弟姐妹间即使是感情深到片刻也不能分开，也可能因为一些鸡毛蒜皮的小事儿而闹得不可开交。可是没过多久，他们又会像什么都没发生过一样，笑呵呵地一起玩耍，甚至连当初为什么会吵架都记不清了。兄弟姐妹间像这样的争吵与和好是再平常不过的事情了。能有时而像兄弟姐妹，时而像朋友一样的人陪在自己身边，在我看来真是一件非常幸运的事情。我希望大家能珍惜和爱护你所拥有的这份幸运。

我还希望，当初听了我的提问，回答说"我希望没有弟弟！"的那位朋友，在读了这本书后，也能轻轻地抚摸一下弟弟的头。

喜欢孩子欢笑声的童话作家

崔银玉